LA ROCHELOIS TRAGEDIE.

Où se voit les heureux succez & Glorieuses Victoires du Roy Tres Chrestien LOVYS XIII. depuis l'aduenement de sa Majesté à la Couronne de France, jusques à present.

Par P. M.

A TROYES,

Chez IEAN IACQVARD.

Iouxte la copie Imprimée à Rouen.

M. DC. XXIX.

Auec Permission.

ACTEVRS.

L'Ange Conseruateur de la France.

Le Roy.

Monsieur Frere du Roy.

Cardinal de Richelieu.

Comte Chombergt.

Le Chœur de la Rochelle.

Trouppe des Anglois.

ACTE PREMIER
SCENE I.

L'Ange Conseruateur de la France.

A Trois, & quatre fois, malheureuse Cité,
Que tu meritois bien que le Ciel irrité
Fit gresler dessus toy son punissable foudre
Fit voir tes Bouleuards broyez comme la
poudre,
Et que seruant aux tiens de funeste flambeau
Il enfermast ton Nom pour iamais au Tombeau
Quelle Troye fameuse aux arts de Mars instruite
A iamais merité le mal que tu merite,
Quelle grande Babel effroy de l'Vniuers,
Quelle Sodome illustre en Citoyens peruers,
Mais quelle Hierico de Dieu exterminée
Ont iamais deseruy, ô Ville infortunée,
Les iustes chastimens que tu vas meritant
Pour la Rebellion de ton peuple inconstant,
Qui aueuglé d'orgueil & remply d'arrogauce:
A osé courroucer l'Alcide de la France,
Ouy? mespriser les vœux, contrepointer les Loix,
Du Iupiter qui sied sur l'Olympe François:
Pour qui le Tout-puissant arme de feux sa dextre,

Pour qui le Ciel astré fait ses éclairs parestre,
Et pour qui les Esprits (saincts Helmes) des humains
   dant sa Majesté ont les armes aux mains,
   atale Rochelle, ô Hay desolée
   auois-tu les yeux, quand tu fus conseillée
   leuer le talon contre ton propre Roy,
   rahissant la raison, le droict, les Loix, la foy,
Deuois-tu irriter vn Louis debonnaire:
Deuois-tu attiser la flambante colere
D'vn grand Roy qui pouuoit sous son bras t'estouffer,
Et corriger les tiens de ses verges de fer :
Qui pouuoit rediger à la basseur des herbes
Tes Forts, tes Bastions, & tes places superbes :
Combler de tes Remparts tes auides fossez,
Faire nager au sang tes soldats ja lassez,
Meurtrir tes Citoyens, leurs enfans, & leurs femmes
De famine agitez, renuerser sous les lames :
Et faire que ton sein fut pour tes vains efforts :
Vn deluge de sang, & vn charnier de morts,
Mais ce iuste Aristide, Arc-boutant de la France
Se veut eterniser en vsant de clemence
Vers vne Ville ingrate, afin qu'à l'aduenir
De LOVIS DE BOVRBON soit cher le souuenir.

SCENE II.

Le Roy, Monsieur frere du Roy, Cardinal de Richelieu, le Comte de Chomberg.

Le Roy.

Capitale d'Aulnix, Rochelle imperieuse,
Pepiniere d'erreur, Ville seditieuse,

Ie pouuois iustement te faire à coup sentir
Ce que vaut le remord d'vn aigre repentir:
Ie pouuois te monstrer combien il est à craindre
De mespriser vn Roy, dont le bras peut attaindre
Au milieu des combats enchaînant le destin
Ce qui est sous le Ciel de plus braue & mutin,
Vous m'auiez fait fermer les verroux de voz portes,
Vous auiez offencé mes royalles Cohortes
Et fait contre moy-mesme esleuer les Anglois,
Mais Dieu le puissant Dieu qui combat pour les Roys,
Et les va illustrant de Couronne & de Sceptre,
Vous à fait essayer la force de ma dextre,
Puis que vous desiriez esprouuer la vertu
D'vn Roy qui fut armé aussi tost que vestu,
Et qui n'eust le pourpoint plustost que la cuirasse,
Comme ont fait mes Ayeulx qui portoient sur la face
La terreur de Mauors, de Cesar le bon-heur,
La vaillance d'Alcide, & d'Auguste l'honneur.

Cardinal de Richelieu.

Cét Hannibal François, cét Inuaincu Pompée
Dont vous estes extraict, n'eust pas plustost l'espée
Pour sçauoir comme il faut la porter en soldat,
Qu'il ne la fist paroistre au milieu du combat,
Mais la mort rauissant ce genereux Persée:
On ne vous la s'y tost sur le costé posée,
Pour sçauoir comme il faut s'en seruir aux hazards
Qu'elle n'ait flamboyé dedans le champ de Mars
Tant de braues exploits, tant de guerres ciuiles,
De rencontres, d'assauts, & de sieges de Villes,
Ou vous auez paru entre tant de Guerriers:
Auec vos ieunes ans ont germé les lauriers,
Et les palmes d'honneur qui vous ornent la teste.

Monsieur Frere du Roy.

'esclat de vostre Nom est comme vne tempeste
i écrase le chef des rocs ambitieux,
ii font gemir la terre, & menacent les Cieux,
u ainsi qu'vn Torrent échappé des montaignes
Qui porté de fureur par les vastes Campaignes
Entraine, perd, & noye au milieu de ses eaux
Les arbres, les moissons, les pastres, & trouppeaux,
L'effect, (enfant Royal) de vostre grand courage
Aux Siecles aduenir en rendra tesmoignage,
Alors qu'aux Champs Gascons par les destins amis
Vous mistent sous vos pieds tout autant d'ennemis
Qui leuerent le front plains d'ardeur obstinée
Pour cuider empescher vostre sainct Hymenée.

Le Roy.

N'ay-ie pas veu depuis par vn triste meschef,
Et vn Hydre portant sept testes sur le chef,
Toute la Picardie en vn rien allarmée,
Et Peronne, Noyon, & Soissons renommée,
Pleines de feu, de fer, de sang, d'horreur, d'effroy.

Comte Chombergt.

Il m'en souuient encor quand vn traitre sans foy
Abusant sans respect de vostre nom Auguste,
Ne se faisoit pas voir moins perfide qu'injuste
Aux fidelles Heros du Royaume François,
Qu'il vouloit esclauer sous le frein de ses Loix,
Lors que le Ciel benin qui voyoit sa malice,
Sa fraude, ses desseins, son masqué artifice,
Fit choir ce Phaëton (aueugle en son orgueil)
Du plus haut de sa gloire au profond du cercueil.

Le Roy.

Les fidelles François auront toufiours memoire
Comme estant paruenu de la cendre à la gloire,
Son cœur & ses projects par trop ambitieux
L'ont fait choir de la gloire aux Paluds stygieux,
Mais ce broüillard passé, vn plus cruel orage
Menace derechef la France de naufrage,
Ie delaisse Paris, i'arriue dans Rouen,
Dieppe trouble son calme ; & le Chasteau de Caen,
Semble se retirer de mon obeïssance :
Mais luy voulant monstrer quelle estoit ma puissance,
Et que pour son suject i'auois pris le harnois,
Apres auoir quitté le peuple Rouennois :
Comme vn autre Cesar qui se plaist à la peine,
Ie m'embarque aussi tost sur le fleuue de Seine,
Qui se va pres le Hâure engouffrant dans la Mer :
De sorte que passant par le Pontaudemer,
Honfleur, Dyue, Equouille, & mainte belle place,
Ie comparus à Caen vestu d'vne Cuirasse,
Ou le Casque en la teste, & l'Espée au costé,
Ma personne fut voir ce Chasteau reuolté,
Qui changea tout à coup de cœur & de courage,
Aux Augustes aspects de mon Royal visage,
De là, sans redouter mille éminents dangers,
Ie remis en deuoir Dreux, Alençon, Angers,
Sans manquer d'emporter vne heureuse victoire
Proche le Pont de Sé que Cesar fit sur Loire
Ayant eu ce bon-heur en l'Auril de mes ans
D'auoir vaincu Cesar & ses Soldats vaillans,

Cardinal de Richelieu.

Sire, la renommée entonne vos loüanges
De sa trompe d'Airain, iusqu'aux peuples Estranges
Qu'Alexandre le Grand ne conquesta iamais,

que le Cynthien n'eschauffe de ses raïs.

Le Roy.

'honneur en soit à Dieu & non pas à moy-mesme,
ar comme il va gardant des Roys le Diadesme,
Le Sceptre, la Couronne, & fait florir leurs Loix,
Il doit estre honoré auec respect des Roys,
Les Roys sont ses mignons, il est seul leur deffence,
Et veillant dessus eux veut qu'on ne les offence,
Pensez-vous que sans luy (endossant le harnois)
Lors que ie me fis voir dans les Champs Bearnois,
I'eusse peu emporter cette belle Victoire,
Qui rend mon Nom Illustre au Temple de Memoire,
Que i'eusse tant de fois sur l'humide Element,
Les peuples d'Albion vaincu honteusement,
Peuples qui dans la France esperant leur fortune
Ont eu pour monument les gouffres de Neptune
Ains qui pensant l'Aulnix prendre en leurs ameçons
Ont seruy de repas aux auides Poissons,
Ont veu leur Bouquinquant chery de leur Monarque,
Et les plus Grands des leurs, esclaues de la Parque,
Non, non, fay donc grand Dieu que cét Ange inuaincu,
Par qui Sennacherib veid tout son Camp vaincu,
M'assiste à débeller ceste superbe place,
Qui se rend resistant indigne de ma grace,
Mais elle n'en peut plus, vains luy sont ses efforts
Dieu combattant pour moy en fait vn champ de morts.

Comte Chomberge.

Premier que le Soleil voye la Peleïde,
Vostre bras domptera ceste Place perfide,
L'Anglois est las de guerre, & l'homicide faim
Luy faisant mal aux dents la tient des-ja en frain.

ACTE

ACTE SECOND.
SCENE I.

Chœur de la Rochelle, Trouppe des Anglois.

Chœur de la Rochelle.

Vxi. meschef est cecy? quel Dieu, quel Ciel,
        quels Astres
Versent dessus nos chefs de si sanglants desastres,
Quelle fatalité nous ourdit ces malheurs,
Quel rigoureux destin nous trame ces douleurs:
Hé quoy? nous esperions que l'Alcide de France
Voyant nostre valeur, voyant nostre deffence,
Fist retirer son Camp, & ses gens aguerris
Pour aller hyuerner dans son royal Paris:
Mais nostre espoir est vain, ce Phœnix des Monarques
Veut dans ceste Cité laisser de tristes marques
De sa Rebellion, pour mostrer aux François
Qu'il ne faut irriter la grandeur de ses Roys,
Las! c'est fait, à nos pieds sont tombez nos courages,
Nous ne voyons sinon que les tristes images
De l'effroy, de la faim, de la pasle Antropos
Qui trouble de nos gens le repos sans repos,
Maudit soit le conseil, le jour, l'heure fatale,
Qui te fist tesmoigner à ton Roy desloyale,
Maudits soient les Autheurs de qui l'ambition,
Fist sortir les Anglois de l'Isle d'Albion,
Anglois qui des-ancrants de leur moite riuage

B

Enflez d'vn vain espoir, pippez d'vn doux langage
Cuidoient tous les François inhumer dans les eaux
A l'orgueilleux aspect de leurs fastes Vaisseaux:
Mais qui battus en fin de l'Ange de la France
N'ont receu que des coups pour toute recompence,
N'ont eu que du dommage, & vn insigne affront
Qui eternellement restera sur leur front,
Pour auoir seillonnans les ondes de Nerée
Rompu (premiers) la paix si sainctement jurée,
Et attaqué vn Roy en l'Auril de ses jours
Qu'Hymenée obligeoit à aider du secours,
I'aduise les Anglois faut celer ma complainte
Et masquer ma douleur d'vne apparence feinte.

Trouppe des Anglois.

Que vous sert Citoyens de vouloir plus tenir
A peine vos soldats se peuuent soustenir,
Nous sommes trauaillez de fatigue & famine,
L'air, la terre, & la mer jurent nostre ruine,
Vos poudres & boulets vont tirant à la fin
Le Ciel & les humains, les Astres le destin
Combattent contre nous & le Dieu des batailles
Qui iadis protegoit l'enceint de nos murailles,
Semble (n'entendre plus) pour nos cris escouter,
Les oyseaux mesmement semblent se reuolter:
A l'encontre de vous, pour faire la vengeance
De ce que vous tenez contre le Roy de France,
Vostre Roy souuerain, qui peut tres iustement
Faire vostre Cité seruir de monument.

Chœur de la Rochelle.

Ne nous failloit-il pas à ses braues Cohortes
Fermer de la façon nous inuincibles portes,
Nous fussions nous rendus en ses Royales mains

Veu les deportemens, & les faits inhumains
que l'on à sans pitié exercez à la veuë
Des Bourgeois d'Angely qui humble s'est renduë:
La ville de Clerac enceinte de marets,
La ville d'Alblac, Cheysar en Viuarets,
N'ont-ils pas esprouué la mesme violence,
Q velle fidelité, qu'elle ferme asseurance
Aurions-nous donc au Roy, puis qu'il saccage ainsi
Les Citez qui se vont rangeant à sa mercy.

Trouppe des Anglois.

Il n'a pas gouuerré ainsi toutes les Villes,
Celles qui n'ont esté vers ses soldats hostilles,
Ains qui ont apporté auec humilité
Les clefs de leur enceint deuant sa Majesté,
Ont esté protegez, & traffiquent sans crainte
Saumeur, Bergerac, Pont, Niort, Marennes, Xaincte,
Et tant d'autres Citez, & de Villes de nom
Qui n'ont point enduré les coups de son canon,
N'ont des forts Pionniers esté demantelées
Leurs Tours mises à bas, leurs maisons desolées,
Leurs Portaux abbattus, ny leurs grands Bouleuards
Esprouué la fureur d'vn monde de soldats.

Chœur de la Rochelle.

Quoy? & ceste Cité pour s'estre rebellée,
Court-elle risque aussi d'estre démantellée.

Trouppe des Anglois.

Il n'en faut point douter si le Roy l'a d'assaut
Ainsi comme Angely elle fera le saut.

Chœur de la Rochelle.

Mais n'vseroit-il point vers elle de clemence.

Trouppe des Anglois.

Elle à trop tesmoigné quelle est son impudence,
Il n'y à plus vers luy pour elle de pardon,
Il n'en falloit laisser écouler la saison,
Pour extorquer de luy aisément cette grace,
Il falloit moins auoir de superbe & d'audace,
N'incommoder son Camp de maint tour desloyal
Et n'attendre les coups de son canon Royal.

Chœur de la Rochelle.

Nous aulons nostre espoir aux forces d'Angleterre,
Nous pensions emporter l'honneur de ceste guerre,
Et les Scadrons du Roy peu à peu consommer,
Mais en vain l'on vous tient pour les Dieux de la Mer
Et prescrire les Loix à l'orageux Neptune,
Puis que changeant à coup vostre bonne fortune,
Il à ses gouffres creux cachez dessous les eaux
Aux plus fougueux de vous fait seruir de tombeaux,
Et de vos grandes Nefs fait vn si grand carnage
Que le debris s'en void en maint loingtain riuage.

Trouppe des Anglois.

Depuis que nostre Flotte ancra proche de Ré
Pour l'emporter d'assault, c'est vn poinct asseuré
Que quelques Deïtez, ou Puissances Celestes
Nous ont tousiours esté dans les combats funestes,
Ce nous est vn prodige, & vn estonnement
D'estre cinq ou six fois vaincus si laschement:
Mais quoy ? que voulez-vous c'est la chance des armes
Qui vaincus & vainqueurs peut rendre les Gendarmes,
C'est Dieu qui ne veut point que les Scadrons Anglois
S'aillent émanciper dessus les Champs François,
Ne vous souuient-il point lors que la race Angloise
Partageoit à demy la Coronne Françoise,
Quelle tenoit Roüen, Paris, Bourdeaux, Poictiers,

Que la terre ployoit deſſous ſes Caualiers,
Quel peuple n'euſt iugé que deſſous la Tamiſe
On alloit voir la Seine au cours d'argent ſoumiſe,
Et que les preux François des malheurs aſſaillis :
Alloient voir allier à la Roze les Lys,
Toutesfois Dieu prenant pitié de cét Empire,
Qu'il ne deſiroit pas totalement deſtruire :
Fit-il pas les Anglois pleins de preſomption
Ramer en petit nombre en l'Iſle d'Aloſon,
Suſcitans aux François vne chaſte Pucelle
Qui d'vn cœur Martial de ſa claire allumielle
Au rencontre aux aſſauts dans l'horreur des combats
Mettoit les plus hardis de nos Scadrons à bas,
De ſorte que ſon bras aux coups infatigable
Comme vne autre Amazone aux armes ſans ſemblable,
Fit leuer noſtre Camp de deuant Orleans,
Lors que preſque il eſtoit ſurpris dans nos liens,
Mena Charles ſeptieſme à Reims prendre ſon Sacre,
Et fit de nos ſoldats vn ſi ſanglant maſſacre
Que nos preux Paladins de Mars meſme cheris
Furent vn peu apres chaſſez hors de Paris,
Du fertil Bourdelois, du Poictou de Neuſtrie,
Il eſt vray que ſurpriſe en certaine ſortie
Elle fut dans Roüen bruſlée en vn buſcher
Cuidant noſtre malheur par ſa mort empeſcher,
Mais ſon cœur auſſi pur qu'auoit eſté ſon ame
Ne peuſt iamais bruſler au milieu de la flame,
Iugez donc maintenant ſi eſtans aſſiegez,
De la faim, de la mort, & la peſte affligez,
Nous ſommes en eſtat de conqueſter la France,
Non, non, ayons pluſtoſt recours à la clemence
De ce grand Mars François, rendons luy la Cité
Afin d'en diſpoſer ſelon ſa volonté,

Car le fuis tres-certain qu'entendant noftre enuie,
Il nous redonnera & les biens & la vie.

Chœur de la Rochelle.

Puis que le Roy Anglois à defia fait fa Paix
Enuers fa Majefté, il eft temps deformais
D'implorer fa bonté, & fa mifericorde.

Trouppe des Anglois.

Voire, qui ne voudra ou le feu, ou la corde.

Chœur de la Rochelle.

Mais las ! voudra-il bien nos Maires efcouter ?

Trouppe des Anglois.

Ouy, allons deuers luy quelques-vns deputer.

ACTE TROISIESME.

Le Roy, Cardinal de Richelieu, Monfieur Frere du Roy, Comte de Chomberg.

Le Roy.

COmme i'ay triomphé dans les champs de Bearn,
De Pau, de Nauarin, d'Ortez, & de l'efcart,
De Gyen, de Gergeau, d'Argenton, de Sancerre,
De Cleron, de Tourax, Momon, & Sauueterre,
Comme chez les Bretons i'ay dompté Toffelin,
Et tint en leur deuoir, Pouton, Vitré, Bellin,
Comme i'ay fubjugué paffant par la Guyenne,
Affifté iour & nuict du grand Duc de Mayenne,
Sainc̈te Foy, & Puyncel, Vauguyon, Bergerac,

L'Isle Iourdain, Tournon, Mont-flanguin, la Tennsere,
Nerac, Neilaux, Castez, & d'vne ame guerriere
Lectoure, Fauriol, Mont de Marlan, Mont-heur,
La haute Tour de Briue, Tallemont, & Saumeur,
Niort, Chaumont, Royan, Cardillac, & Sainct Gilles,
Fontenay, Alblac, & plusieurs autres Villes,
Ie resteray vainqueur de ceste Babilon
Qui pensoit obscurcir la grandeur de mon Nom.

Cardinal de Richelieu.

Vous la verrez en bref en vos mains pour offrande,
Ce n'est plus qu'vn desert, la Digue leur commande,
Leurs Anglois font recreus, la poudre leur deffaut,
N'est-ce pas le moyen de l'auoir sans assaut.

Le Roy.

Ses Escheuins touchez de leur propre insolence,
Sont ja venus vers moy implorer ma clemence,
Me priant de garder la Rochelle de sac,
Ie les ay renuoyez au sieur de Marillac,
Et au sieur du Hallier mes Mareschaux d'armées,
Pour toutes choses rendre amplement confirmées,
Ils auoient le Gibet & le Feu merité
Pour seruir de memoire à la Posterité,
Ie deuois démolir cette orgueilleuse Place
Et dedans sa poussiere atterrer son audace,
Voire y semer du sel ainsi qu'vn Empereur
Fit jadis à Milan, emporté de fureur,
Mais les Roys, les bons Roys n'ont le cœur sanguinaire,
Ains pardonnent l'offence au grossier populaire,
Sans le vouloir noyer dans vn fleuue de sang,
Ou l'aller par le fer & le feu estouffant.

Monsieur Frere du Roy.

Les Roys sont honorez qui vsent de clemence,

Hé, quand bien vous auriez offert à la vengeance
Ces peuples infolens pour leurs faits inhumains :
Vous n'en feriez loüé des futurs Efcriuains.

Le Roy.

L'on ne doit plus auant rechercher leur ruine,
L'air Peftilentieux, la mort, & la famine
Se roidiffant contr'eux, & contre leur Cité
Leurs ont fait voir combien Dieu eftoit irrité.

Cardinal de Richelieu.

Sire, cela fait voir aux Monarques eftranges
Combien vous remportez deffus eux de loüanges,
Quand l'Eternel punit de fes faincts Magafins
Ceux qui font à vos vœux Rebelles & Mutins,
D'ailleurs ce vous doit eftre vne immortelle gloire
D'auoir fi ieune d'ans remporté la Victoire
Deffus cefte Rahab qui fe faifoit des Loix,
Qui à veu deffus foy Camper cinq puiffans Roys,
Auec toute la Fleur du Royaume de France
Sans la pouuoir iamais mettre fous leur Puiffance,
Mais qui en émouffant leurs plus braues efforts
Apres auoir couuert la terre de leurs morts,
Les firent en la fin fans fruct leuer leur Siege.

Le Roy.

Ils penfoient m'attrapper de la forte en leur piege,
Ou bien que ie ferois mon Camp Royal leuer
Si toft que ie verrois le retour de l'Hyuer :
En fin ils font deceus, ils n'auoient pas affaire
A vn Roy qui s'engage au meftier Militaire
Qu'il n'en vueille emporter l'honneur & la raifon
Pluftoft, pluftoft mon poil fuft deuenu grifon
Deuant les Bouleuards de cefte forte Place
Que ie n'euffe puny fon orgueilleufe audace,

I'euffes

I'eusses plustost moy seul eschellé ses remparts,
I'eusses plustost perdu mille essains de Soldarts,
Mandé des Legions & d'Afrique & d'Asie
Que de ne l'auoir pas selon ma fantasie,
Premier ne me sentant de l'or ambitieux
Ils ne m'eussent jamais fait falciner les yeux
De leurs lingots Indois, de leur promesse feinte
Ny de ce dont seroit vn ame auare attainte,
Car il n'y auroit eu que le blesme trespas,
Qui m'auroit empesché de ne la prendre pas.

Comte Chombergt.

Du siecle des Vallois ce seiour des Rebelles
Ne se voyoit flanqué de tant de Citadelles,
De Remparts, de Fossez, de Tours, de Gabions,
Rauelins, Parapels, de Forts, & Bastions.

Le Roy.

Si ce n'eust pas esté vne inuincible Place,
Nous n'eussions si long temps supporté la cuirasse,
Nous n'eussions supporté sur la terre & les eaux
Tant d'incommoditez, de peines, & trauaux,
Aussi en auons-nous vne gloire immotelle
Plus le combat est grand, plus la victoire est belle,

Cardinal de Richelieu.

Sire, les Arcs-boutans de la Religion
Remplis de vanité, enflez d'ambition
Pensoient que nous n'eussions ny l'art ny l'industrie
De rendre leur Geneüe aux Lys assubjetie,
Mais Dieu lassé de voir ces Typhons terrenez
En leur Rebellion doublement obstinez:
A metamorphosé leur superbe insolence,
Et leur aueugle orgueil en humble obeyssance.

C

Monsieur Frere du Roy.

En effet ces Messieurs qui de ceste Cité
Tenoient tout leur salut, & leur prosperité
Sont grandement deceuz, croyant que ceste Place
Qui iusques dans l'Olympe esleuoit son audace,
Eust des prouisions pour tenir longuement.

Le Roy.

Chacun en va parlant assez diuersement,
Les vns les vont blasmant d'auoir esté Rebelles,
Puis qu'ils ne pouuoient pas garder leurs Citadelles,
Et les autres plus sots ne les excusans pas
Proposent qu'ils deuoient endurer le trespas.
Plustost que de leur rendre, ainsi que fist Numance,
Mais ces nouueaux Rabbins sont remplis d'ignorance
Puis qu'ils vont contemnans les escrits sacré-saints
Qui veulent que l'on cede aux Princes souuerains.

Comte Chombergt.

Toute l'Europe auoit les yeux sur ceste Ville
Croyant qu'elle enfantast vne guerre ciuile,
Dans le cœur de la France, ou quelque autre malheur.

Le Roy.

I'y auois fait veiller, puis l'altiere valeur
Du Prince de Condé retenoit la licence
De ceux du Languedoc, Viuarez, & Prouence,
Montmorency d'ailleurs veillant de tous costez,
A tant & tant de fois les Rebelles domptez,
Qu'ils restent maintenant sans cœur & sans courage,
Semblables aux Nochers prests de faire naufrage;
Mais c'est trop arresté, allons dans le quartier
Voir si de Marillac & le sieur du Hallier
A remis en deuoir ceste Ville insolente,

S'y tenant de l'humeur d'vne volage Euante,
Elle ne veut tenir ce qu'elle à projecté,
Dedans peu nos Nepueux & la posterité,
Diront voila ou fut autresfois la Rochelle
Qu'vn Roy fit ruiner pour luy estre rebelle.

ACTE QVATRIESME.

Chœur de la Rochelle, Trouppe des Anglois.

Chœur de la Rochelle.

C'EST ores que le Ciel apres tant de malheurs
Prenant compassion de nos tristes douleurs,
A permis que le Roy qui domine la France
Au lieu de chastiment nous vsast de clemence
Hé, quel genre de mort, quelle seuerité
N'auoit ce Peuple ingrat iustement merité,
Ne deuoit pas le Roy plein de iuste colere
Faire de la Rochelle vn triste cymetiere
Innonder nos enfans dedans le sang des morts,
Desmolir nos Rempars, bouleuerser nos Forts,
Et laisser à iamais vne eternelle marque
De la punition d'vn si puissant Monarque.

Trouppe des Anglois.

Nous pensions triompher de Mars & des Destins,
Nous auons imité les soldats Sagontins
Qui du peuple Romain pensans brauer l'armée,
Et trauailler leur Camp, d'vne dent affamée,
Mangerent iusques au cuir de leur brisans Boucliers,

Le Roy estoit suiuy de trop de Caualiers,
Trop de Forts commandoient à ceste pauure Ville,
Pour ne voir pas en fin sa liberté seruile,
Neptune estoit bandé à l'encontre de nous,
Mais sur tout l'air infect plein de rage & courroux
A destruit la Cité, & fait que l'Angleterre
Ne reuerra le tiers de ses hommes de guerre,
La pluspart à esté des Poissons deuorez,
Et les autres Icy par la faim atterrez.

Chœur de la Rochelle.

Nous auons vous & nous tres-mal fait nos affaires,

Trouppe des Anglois.

Mais encor quels accords ont mesnagé vos Maires,

Chœur de la Rochelle.

Nous remettons és mains du Roy cette Cité,
Afin d'en disposer selon sa volonté,
Et le Roy que le Ciel à la douceur conuie,
Donne à nos Citoyens & aux Soldats la vie,
Vous serez recorduits sans qu'on vous fasse tort
Dans vos propres Vaisseaux iusques à vostre Port,
Et ceux de nostre Loy qui ont soustint la guerre
Et trempé auec nous, seront conduits par terre
Vn Baston en la main pour nos autres excez
De Fonte, & d'Argent pris ils seront effacez,
Sans qu'au temps aduenir on en fasse memoire.

Trouppe des Anglois.

Le Roy s'acquiert beaucoup de iustice & de gloire
Nous, & vostre Cité traictant si doucement,
Aussi n'est-il moins preux qu'équitable & clement.

Chœur de la Rochelle.

Il peut faire iuger à toute l'Angleterre

Que Colombe, en paix, il est vn Foudre en guerre,
Qui bat, brise, destruit, & va bouleuersant
Ceux qui sans equité vont à luy s'opposant.

Trouppe des Anglois.

Si vous eussiez traicté auec ceux d'Hesperie,
Nous n'eussions point obtint la grace de la vie,
Tout eust esté reduict au pillage & au fer,
L'on eust veu la pluspart d'vn licol estouffer,
Le sang eust expié du peuple la superbe,
Bref, la Ville eust esté plus basse que n'est l'herbe.

Chœur de la Rochelle.

Le Roy ne traicte point de la sorte les siens
Aussi ne les prend il comme des Indiens
Il sçait que du grand Dieu ils ont la ressemblance,
Sont aux autres Chrestiens semblables en croyance,
Sinon en quelque poinct que Dieu accordera
Quand d'vn œil de pitié il nous regardera,
Car il peut seul plus faire en vn petit espace
Que le Sang, que le Feu, la mort, & la menace.

Trouppe des Anglois.

A ce que ie prenoy sa vertu reuerée
Fera voir soubs son Regne vne saison dorée,
La verité luira comme vn brillant flambeau,
Les erreurs declinans entreront au tombeau,
La Foy sera vnique, & l'Arche d'Alliance
Trouuera derechef Dagon sans resistance.

Chœur de la Rochelle.

Par les accords concluds son alme Majesté
Doit entrer dans deux iours dedans ceste Cité,
Cité qui dans son sein pour sa superbe audace
N'a veu depuis cent ans de ses grands Roys la face,

O Cefar des François que Dieu té comble d'heur,
Que fur tes deuanciers tu merites d'honneur,
Forçant malgré la Fleur de toute l'Angleterre,
L'Ethna où s'allumoit le Flambeau de la Guerre.

Trouppe des Anglois.

Il à les qualitez d'Augufte & de Trajan,
Mais, pourquoy detient-on Madame de Rohan,
Qui pour auoit goufté la nouuelle Doctrine,
On dit des Rochellois la fage Melufine.

Chœur de la Rochelle.

Cela nous eft caché, ce n'eft point aux Mortels
A fçauoir le fecret des grands Dieux immortels,
Et toutesfois le Roy prouide & équitable
N'a point permis cela fans caufe raifonnable.

Trouppe des Anglois.

Si elle alloit encor quelque part s'enfermer
Elle feroit la France en mille lieux armer,
C'eft pour vn plus grand bien, & fans cefte Sybille
On n'euft contre le Roy tant tenu cefte Ville.

Chœur de la Rochelle.

Bien, allons loüer Dieu de n'auoir pas efté
Punis comme chacun auoit bien merité,
Il ne faut pas pourtant que les Villes Rebelles,
Soient vers fa Maiefté comme nous infidelles,
Car tentant contre luy leurs debilles efforts
Leurs Citez fe verroient des Sepulchres de morts.

F I N.